16 Décembre 1908

marqué PN

COLLECTION DE M. X*** Desprez

PORCELAINES

ANCIENNES

BISCUITS ET BOITES

Saxe, Sèvres, Mennecy, Diverses

TERRE CUITE

MEUBLES EN MARQUETERIE DU XVIIIE SIÈCLE

OBJETS DE VITRINE

PARIS — 1908

Collection de M. X***

PORCELAINES ANCIENNES

BISCUITS ET BOITES

Saxe, Sèvres, Mennecy, Diverses

TERRE CUITE

MEUBLES EN MARQUETERIE DU XVIIIe SIÈCLE

Objets de vitrine

CONDITIONS DE LA VENTE

Elle sera faite au comptant.

Les adjudicataires paieront *dix pour cent* en sus des enchères.

L'exposition mettant le public à même de se rendre compte de l'état et de la nature des objets, aucune réclamation ne sera admise une fois l'adjudication prononcée.

Paris. — Imp. Georges Petit, 12, rue Godot-de-Mauroi. 10211-08.

CATALOGUE

DES

Porcelaines Anciennes

BISCUITS ET BOITES

SAXE, NYMPHENBOURG, FRANKENTHAL
HŒCHST, NIDERWILLER, LOUISBOURG, BERLIN, VIENNE, CHINE
SÈVRES, SAINT-CLOUD, CHANTILLY, MENNECY, CHELSEA

FAIENCES ANCIENNES

DE DELFT, ALCORA

Groupe en terre cuite XVIIIe siècle

MEUBLES EN MARQUETERIE DE BOIS DU XVIIIe SIÈCLE

BELLES ENCOIGNURES DE P. ROUSSEL, ÉPOQUE LOUIS XV

BRONZES D'AMEUBLEMENT

Pendule de Cartonnier en bronze, époque Louis XV

OBJETS DE VITRINE

Composant la Collection de M. X***

ET DONT LA VENTE AUX ENCHÈRES PUBLIQUES AURA LIEU

HOTEL DROUOT, SALLE N° 6

Le Mercredi 16 Décembre 1908, à 2 heures

COMMISSAIRE-PRISEUR
Mᵉ F. LAIR-DUBREUIL
6, rue Favart, 6

EXPERTS
MM. PAULME & B. LASQUIN FILS
16, rue Chauchat , 12, rue Laffitte

Chez lesquels se distribue le présent Catalogue.

EXPOSITION PUBLIQUE
Le Mardi 15 Décembre 1908, Salle N° 6
DE DEUX HEURES A SIX HEURES

Porcelaines Anciennes

ANCIENNES
PORCELAINES ALLEMANDES

FABRIQUES DIVERSES

1 — **Allemagne.** Sifflet formé d'une jambe, décor en couleur; culotte rouge brique à lambrequins fond bleu et rinceaux. Monture en argent.

Long., 8 cent.

2 — **Allemagne.** Groupe de Pyrame et Thisbé, décor en couleur.

Haut., [illegible] cent.; larg., 25 cent.

3 — **Nymphenbourg.** Statuette de Minerve, décor en couleur.

Haut., 12 cent. 1/2.

4 — **Niderviller.** Groupe en biscuit : Diogène dans son tonneau et deux personnages.

Haut., 33 cent. 1/2.

5 — **Hoechst.** Petit groupe de deux enfants : garçon et fillette tenant une corbeille de fleurs, décor en couleur.

Haut., 14 cent. 1/2.

6 — **Hoechst**. Statuette de jeune femme drapée, tenant une fleur, debout sur une sphère, reposant sur un socle carré à guirlandes.

Haut., 25 cent.

7 — **Louisbourg**. Statuette allégorique : jeune femme debout, tenant une coupe, près d'une urne. Marquée F. I. L. F. 53 en bleu.

Haut., 13 cent. 1/2.

8 — **Louisbourg**. Important groupe, sujet à deux personnages : le galant chasseur, décor en couleur. *Voir la reproduction*.

Haut., 21 cent. 1/2 ; larg. à la base, 24 cent.

9 — **Berlin**. Groupe des Trois Grâces, décor en couleur.

Haut., 21 cent.

10 — **Berlin**. Déjeuner solitaire, composé d'un plateau de forme ovale lobée à deux anses rocailles ajourées, une tasse et sa soucoupe, un pot à lait, un sucrier, un flacon à thé, et une cafetière (Saxe) complétant le service. Décor en couleur, gerbes de fleurettes ; bordure gaufrée simulant la vannerie, et teintée jaune clair, rehaussée de dorure.

Long. du plateau, 37 cent.; larg., 26 cent.

11 — **Vienne**. Corbeille ajourée simulant la vannerie, à pâte gaufrée, décorée, dans le fond, de bouquets de fleurs ; à l'extérieur, fleurettes en rose et jaune, et branchages en relief au pourtour.

12 — **Vienne**. Service à café, composé de quatre tasses et leur soucoupe, sucrier couvert, cafetière pot à lait. Décor de fleurs en couleur, par bandes horizontales en bleu et blanc, et de festons de feuillages, et insectes en dorure. Écrin ancien en cuir.

13 — **Frankenthal.** Deux petites statuettes, de personnages chinois de Pillement, sur base terrain et rocailles.

Haut., 13 cent.

14 — **Frankenthal.** Vase à couvercle, anses et pieds modelés et ajourés en relief à rocailles, décoré sur deux faces de paysages avec petits personnages en couleur. Marque au lion. *Voir la reproduction.*

Haut., 25 cent. 1/2.

15 — **Frankenthal.** Groupe de quatre enfants, figurant les Quatre Saisons: base à rocailles et terrain avec verdure.

Haut., 16 cent. 1/2.

16 — **Frankenthal.** Important groupe, figurant « la Chasse », en porcelaine émaillée en blanc. Sur la base, rocaille au pied d'un arbre auquel sont suspendus un cerf et un cors, et près d'une pyramide à droite et d'un vase à gauche, un chasseur est assis, son chien près de lui, et son carnier à terre.

Haut., 42 cent. 1/2 ; larg. à la base, 33 cent.

ANCIENNES

PORCELAINES DE SAXE

17 — **Saxe.** Deux tasses et leur soucoupe, avec fleurettes de myosotis en relief et en couleur, décorées de papillons et insectes. Bordure à lambrequins et imbrications bleues et ornements en dorure.

18 — **Saxe.** Tasse à anse et sa soucoupe, de forme ovale lobée, décor à personnages dans le goût de Watteau et fleurs en couleur. Bordure dentelle en dorure.

19 — **Saxe.** Sept petites tasses à sorbets de forme lobée, à anse, décor en couleur, bouquets de fleurs et fleurettes.

20 — **Saxe**. Flacon à thé de forme lobée, avec son bouchon, décor en couleur de deux couples galants dans des paysages. Petite bordure dentelle dorée.

21 — **Saxe**. Flacon à thé de forme ovale lobée, avec son bouchon : décor en couleur, scène galante dans le goût de Lancret, sur fond de paysage. L'épaulement gaufré à fleurettes et bordure dentelle dorée.

22 — **Saxe**. Petit vase brûle-parfum couvert, de forme côtelée, orné en relief de fleurettes décorées en couleur.

23 — **Saxe**. Deux plats ovales de forme quadrilobée, à pâte gaufrée simulant la vannerie, décorée en couleur de gerbes de fleurs et fleurettes détachées.

24 — **Saxe**. Compotier à bordure godronnée, décor en couleurs, bouquets de fleurs et fleurettes.

25 — **Saxe**. Bol polygonal à rebords plats, décor coréen en couleurs : dragons, corbeille fleurie, oiseaux.

26 — **Saxe**. Service du comte de Bruhl. Deux assiettes creuses à pâte gaufrée, avec cygnes en relief, décor en camaïeu rose, bouquets de fleurs.

27 — **Saxe**. Deux assiettes de forme lobée, à pâte gaufrée à bouquets de fleurs et armoirie en couleur. Bordure quadrillée d'or.

28 — **Saxe**. Assiette à bord contourné, à pâte en relief, décor : oiseaux et guirlandes en couleur.

29 — **Saxe**. Cafetière couverte, décorée de fleurs en camaïeu et dorure.

90

46

90

46

46

50

8

49

30 — **Saxe.** Cafetière couverte, modelée en relief, avec feuillages et grappes de fleurs, décorée en couleur de deux groupes de couples galants, avec arbustes, un nègre et un arlequin.

Haut., 21 cent.

31 — **Saxe.** Veilleuse ayant la forme d'un vase à trois pieds, branchages se terminant en anses sur la panse. Branches fleuries en relief au pourtour.

32 — **Saxe.** Trente-six manches de couteau forme queue de rat, décor en couleurs à bouquets de fleurs et fruits, imbrications en bleu et festons en dorure.

33 — **Saxe.** Statuette de joueur de vielle assis sur un tertre.

Haut., 14 cent.

34 — **Saxe.** Groupe : jardinier et jardinière debout, auprès d'accessoires de jardinage et fleurs ; terrasse à rocailles.

Haut., 14 cent. 1/2.

35 — **Saxe.** Statuette de joueur de cornemuse : il est assis sur un rocher, vêtu d'une veste rose à fleurettes, culotte blanche parsemée de cartes à jouer, coiffé d'un chapeau pointu.

Haut., 14 cent.

36 — **Saxe.** Statuette d'enfant figurant Apollon, jouant de la lyre, sur base rocaille.

Haut., 16 cent. 1/2.

37 — **Saxe.** Statuette de paysanne dansant, tenant son tablier à deux mains, corsage jaune, jupon rose. (*Voir la reproduction.*)

Haut., 18 cent. 1/2.

38 — **Saxe.** Statuette de jardinière assise près d'un tronc d'arbre, contre lequel s'appuient une bêche et un râteau ; à terre, une corbeille de légumes. (*Voir la reproduction.*)

Haut., 15 cent.

39 — **Saxe**. Salière double, formée d'une statuette d'enfant, assis entre deux paniers à anses, sur terrasse rocaille, décor en couleur.

Haut., 13 cent. 1/2.

40 — **Saxe.** Groupe formé d'un guerrier tenant un faisceau de drapeaux, avec amours portant des trophées militaires. Terrasse rocaille.

Haut., 22 cent.

41 — **Saxe.** Paire de vases couverts, de forme tulipes, décorés en couleur, de branchages fleuris, en relief, soutenus par deux amours en ronde-bosse. Les couvercles ajourés, formant bouquets de fleurs, et fruits. *Voir la reproduction.*

Haut., 51 cent.

42 — **Saxe.** Grand vase avec son couvercle et son socle: la panse complètement ajourée et treillagée, modelée de rocailles en relief, avec anses formées de branchages et fleurs. Le couvercle surmonté d'un bouquet de fleurs. *(Voir la reproduction.)*

Haut., 42 cent.

43 — **Saxe.** Groupe figurant une Vénus lutinée par deux amours, sur socle ajouré, avec branchages fleuris, en relief et en couleur. *(Voir la reproduction.)*

Haut. totale, 25 cent. 1/2.

44 — **Saxe.** Paire de petits candélabres à trois lumières, formés chacun d'une statuette de jardinier et jardinière, décorés en couleur, sur terrasse en bronze, avec arbuste porte-lumières, orné de fleurettes en porcelaine.

Haut., 26 cent. 1/2.

45 — **Saxe.** Plateau losangé à quatre lobes et deux anses rocailles, et cinq petites tasses à sorbets, lobées et à anses. Décor en camaïeu bleu, petits médaillons d'amour dans des paysages, et bordure dentelle en dorure.

Long., 25 cent.; larg., 19 cent. 1/2

41

54

41

46 — **Saxe**. Plateau d'écritoire et ses deux godets, de forme contournée, décoré au centre de trois médaillons en couleurs, à paysages et personnages encadrés d'arabesques en dorure; à la bordure, six petits médaillons en camaïeu rose, à paysages et personnages réservés sur fond quadrillé d'or. Les godets à encre et à poudre, également décorés dans le même goût. (*Voir la reproduction.*)

Long., 27 cent.; larg., 18 cent.

47 — **Saxe**. Statuette d'acteur de la Comédie italienne, dansant; sur socle rectangulaire à base et corniche moulurée, ornée de bouquets de fleurs en couleur. (*Voir la reproduction.*)

Haut. totale, 26 cent.

48 — **Saxe**. Statuette de buveur, assis sur un tronc d'arbre. Il est vêtu d'une veste brune, d'une chemise blanche et d'une culotte rouge, avec nœuds de ruban jaune, et soutenue par des bretelles noires; coiffé d'un chapeau gris, avec ruban rose. A la base, fleurettes en relief et en couleurs. (*Voir la reproduction.*)

Haut., 16 cent. 1/2.

49 — **Saxe**. Grande statuette de berger, assis sur un tronc d'arbre; tondant un mouton. (*Voir la reproduction.*)

Haut., 25 cent.

50 — **Saxe**. Grande statuette de bergère, assise sur un rocher, à rocailles et tronc d'arbre. Elle joue avec un mouton. (*Voir la reproduction.*)

Haut., 25 cent.

51 — **Saxe**. Importante statuette de saint André, adhérent à son socle, décoré au naturel et en dorure. Modèle de *Kaendler*.

Haut., 48 cent. 1/2

52 — **Saxe**. Statuette de Flore, tenant une corne d'abondance chargée de fleurs.

Haut., 21 cent.

53 — **Saxe.** Groupe de deux personnages, acteurs de la Comédie italienne. Elle est vêtue d'un corsage bleu et jupe blanche à fleurettes; l'homme à gilet bleu, manteau jaune, culotte noire. *Voir la reproduction.*

Haut., 16 cent. 1/2.

54 — **Saxe.** Important surtout, composé de six pièces. Le centre, formé d'une colonne supportant une corbeille ajourée et entourée d'une ronde de Silène et Bacchus; à la base et à l'entour, cinq figurines ou groupes d'enfants bacchants, faune et faunesse sur des rochers, parsemés de pampres de vigne. *Voir la reproduction.*

Hauteur totale, 68 cent.

55 — **Saxe.** Chameau marchant, décoré au naturel, recouvert d'un tapis bleu avec bordure découpée à lambrequins, garnis de glands d'or; il est agrémenté sur la tête et sur le dos de panaches en plumes. (*Voir la reproduction.*)

Haut., 23 cent.

56 — **Saxe.** Le tailleur du comte de Bruhl, à califourchon sur un bouc, décor en couleur. *Voir la reproduction.*

Haut., 25 cent. 1/2.

57 — **Saxe.** Groupe crinoline: *Entretien galant.* Jeune femme assise sur une chaise, devant une table, occupée à broder; à sa gauche, un seigneur, la main droite devant la bouche, la gauche appuyée sur la table sur laquelle est posé son tricorne noir. La jeune femme est vêtue d'une robe crinoline blanche à bouquets pompadour, bordée de jaune et or au corsage. Le galant est vêtu d'un habit blanc, avec revers aux manches en dorure et fleurs; culotte violette. Terrasse à semis de fleurettes en relief; et petit chien carlin. (*Voir la reproduction.*)

Haut., 17 cent. 1/2; larg., 24 cent. 1/2.

37 800

55

42

1105

38

56

57 10 000

91
6.000

ANCIENNES

PORCELAINES DE CHINE

58 — **Chine.** Assiette Compagnie des Indes, à marli gaufré, décorée en couleur et dorure. Au centre, rochers, arbustes fleuris, oiseaux, papillons; au marli, six réserves, dont trois grandes à paysages en camaïeu.

59 — **Chine.** Deux petites tasses et leur soucoupe, en porcelaine mince, décor de branchages de fleurs en camaïeu encre de Chine, dans des réserves mouvementées sur fond quadrillé, chargé de fleurs en dorure.

60 — **Chine.** Petit service à thé composé de six tasses et soucoupes, un petit plateau hexagonal, lobé, une théière couverte, un sucrier couvert, une boite à thé couverte, et un pot à lait. Décor à branchages, fleurs, arbustes et volatiles; petites bordures quadrillées. Époque Kien-Long.

61 — **Chine.** Trois petites potiches couvertes, de forme lobée, décor sur fond vermiculé, de fleurs en émaux de couleurs, et de bouquets dans des réserves. Palmettes à la base, en rose et jaune.

62 — **Chine.** Petit vase à fond noir, décor en couleur, à fleurs et rinceaux, feuillages réservées, entre deux bordures à fond piqué. Époque Khang-Hi.

63 — **Chine.** Compotier en porcelaine demi-mince, décoré au centre d'un sujet familial à trois personnages, animaux et accessoires divers. Bordure à carrelages roses, chargée de fleurs en émaux de couleurs. Petite bordure à liseré et grecque en dorure. Époque Kien-Long.

64 — **Chine**. Compotier en porcelaine mince, décorée d'un coq sur un rocher, et branchages fleuris, en émaux de couleurs. Revers rouge d'or. Époque Yung-Chen. (*Voir la reproduction.*)

ANCIENNES PORCELAINES

(PATE TENDRE)

FABRIQUES DIVERSES

65 — **Venise (?)** (pâte tendre). Soupière ronde à deux petites anses et son couvercle, décor dans le goût chinois, de branches fleuries en couleur et dorure.

66 — **Saint-Cloud** (porcelaine pâte tendre). Vase pot-pourri, reposant sur une base rocailleuse, ornée de guirlandes de fleurs en relief et émaillée en blanc.

Haut., 22 cent.

67 — **Naples** (pâte tendre). Statuette de paysanne, décor en couleur.

Haut., 14 cent.

68 — **Chantilly** (pâte tendre). Cache-pot jardinière, à bordure contournée, décor coréen en couleur, dragon, branches de fruits.

69 — **Mennecy** (pâte tendre). Deux petites statuettes faisant pendants : joueur de flûte et joueuse de tambourin, décorées en couleur. (*Voir la reproduction.*)

70 — **Mennecy** (pâte tendre). Groupe de deux jeunes paysan et paysanne, en biscuit, sur socle enguirlandé. Marque en creux.

Haut., 20 cent.

69

48

69

43

47

14

85

53

ANCIENNES

PORCELAINES ET BISCUITS

DE SÈVRES

71 — **Sèvres** pâte tendre. Compotier carré à coins arrondis. Au centre, médaillon circulaire, bouquets de roses; au marli, bordure à petites fleurettes entre deux bordures bleu lavande et dorure. Marque *cmk* en bleu et *L. F.* en dorure.

72 — **Sèvres** pâte tendre. Assiette plate à bord festonné, décor bouquets de fleurs détachés; marli gaufré à palmes en léger relief en bleu. Charles Buteux décorateur. Année 1758.

73 — **Sèvres** pâte tendre. Assiette plate, décor, au centre une touffe de centaurée en fleurs; au marli, feston de fleurs et trois médaillons, bouquets de pensées, réserves sur fond blanc. Niquet décorateur, Le Guay doreur.

74 — **Sèvres** pâte tendre. Assiette plate à bord festonné, décorée en couleur, au centre, d'une rosace fleurie; au marli, vases de fleurs et de fruits et médaillons à fleurettes alternant dans des festons de dorure sur fond bleu violacé. Huny décorateur. Prévost doreur. Année 1787.

75 — **Sèvres** pâte tendre. Deux petites tasses cylindriques à anse, décor feston de fleurs en camaïeu bleu.

76 — **Sèvres** pâte tendre. Petit pot à crème : médaillon, portrait de femme de profil, simulant un camée; guirlandes de laurier et nœud de ruban sur fond cerclé d'or.

77 — **Sèvres** pâte tendre. Six pots à crème couverts, à anses, décor en couleur, bouquets de fleurs et fruits en bleu. Marques variées.

78 — **Sèvres** (pâte tendre). Grande tasse trembleuse à deux anses et son présentoir, décorés en couleur de gerbes de fleurs. Petite bordure à hachures et filets bleus.

79 — **Sèvres** (pâte tendre). Tasse mignonnette à anse et sa soucoupe, de forme arrondie, décor en couleur de guirlandes de fleurs. Niquet décorateur. Vandé doreur. Année 1772.

80 — **Sèvres** (pâte tendre). Plateau ovale de forme lobée, à deux anses, décoré au centre d'un motif, trophée et attributs de l'amour et jardinage en camaïeu violet sur fond vert. Bordure à petits médaillons chargés de corbeilles de fruits réservés dans des festons de fleurs enrubannés entre deux rangs de perles. Année 1786.

Long., [illegible] cent., larg., [illegible] cent.

81 — **Sèvres?** (biscuit pâte tendre). Deux statuettes : jardinier et jardinière, faisant pendants. Marque en bleu.

Haut., 22 cent.

82 — **Sèvres** (biscuit pâte tendre). Statuette : jardinier adossé à un tronc d'arbre, tenant son chapeau des deux mains. Marque *B.R*

Haut., [illegible] cent. 1/2.

83 — **Sèvres** (biscuit pâte tendre). Deux petites statuettes : enfants jardiniers. Marquées *F.* en creux

Haut., [illegible] cent.

84 — **Sèvres** (biscuit pâte tendre). Groupe : sujet galant, berger et bergère. Modèle de *Fernex*. *Voir la reproduction.*

Haut., 19 cent. 1/2.

85 — **Sèvres** (biscuit pâte tendre). La Belle Provençale : jeune femme debout, jouant du tambour. Marque en creux : *L. R. 19* (Le Riche). *Voir la reproduction.*

Haut., 31 cent.

87

84

86

87

64

86

86 — **Sèvres** (pâte tendre). Grande tasse à deux anses, de forme évasée, et son présentoir; décor en rosaces par compartiments à fond bleu et fond noir chargé de gerbes de roses et de marguerites. Bordure à liserons sur fond jaune. Décor par Commelin. Année 1790. (*Voir la reproduction.*)

87 — **Sèvres** (pâte tendre). Écuelle à bouillon avec son couvercle et son présentoir, décor en couleur d'une guirlande de fleurs retenue par des nœuds de rubans de tons variés, palmes entrecroisées en dorure. Bordure à quadrillé d'or sur fond bleu. Micaud décorateur. Année 1766. (*Voir la reproduction.*)

88 — **Sèvres**. Paire de petits flambeaux de forme cylindrique fût de colonne, décor de bleuets et filets en dorure. Michel décorateur. Année 1783.

ANCIENNES FAIENCES

TERRE CUITE

89 — **Alcora**. Bénitier de forme octogonale, bord en saillie, fronton à coquille et rinceaux feuillagés, décor en couleur : au centre vase fleuri.

Haut., 46 cent.; larg., 24 cent.

90 — **Delft**. Paire de corbeilles rondes, ajourées, à deux anses faites de dauphins. Décor en couleur rehaussée de dorure. Au fond de chacune d'elles, médaillon, encadré d'arabesques et lambrequins roses, représentant deux personnages, homme et femme, figurant *la Jeunesse* et *l'Age mûr*, en costumes Louis XV, fond de paysage. La bordure et le revers entièrement émaillés et décorés de tiges de fleurs et fleurettes. (*Voir la reproduction.*)

Larg., 27 cent.

91 — Groupe en terre cuite à deux personnages : le Goûter. Un jeune homme est assis sur une table rustique sur laquelle sont posés des fruits, une galette et un carafon. Il se penche vers une jeune fille, assise sur un tertre, et la tient par la taille. (*Voir la reproduction.*)

Modèle reproduit en biscuit de Sèvres. XVIIIe siècle.

Haut., 29 cent.; larg. à la base, 25 cent.

BOITES

EN ANCIENNES PORCELAINES DE SAXE NYMPHENBOURG, MENNECY, CHELSEA & DIVERSES

BOITES EN OR, OBJETS DE VITRINE

92 — **Allemagne**. Drageoir formé d'un écureuil, reposant sur une terrasse à fleurettes en relief. Au revers du couvercle, paysage en camaïeu rose. Monture à charnière en cuivre. (*Voir la reproduction.*)

Long., 7 cent.; haut., 6 cent. 1/2.

93 — **Saxe**. Étui à aiguilles, décor en couleurs, oiseaux sur branches.

94 — **Saxe**. Deux petits étuis, en forme de pointe d'asperge, l'un, décoré au naturel; l'autre, bouquets de fleurettes sur fond blanc.

Long., 8 cent.

95 — **Saxe**. Boîte rectangulaire à pâte gaufrée, décorée en couleurs, sur le dessus, les côtés et au revers du couvercle, de sujets champêtres dans des encadrements rocaille. Au-dessous, bouquets de fleurs. Monture à charnière en cuivre doré.

Long., 8 cent. 1/2; larg., 6 cent. 1/2.

108
101
107
102
106
104
115
107
112
109
105 et 103
92
107
99
111
113
100
98

96 — **Saxe**. Boîte ovale, à pâte gaufrée, décor en couleurs sur le dessus, et le dessous, de paysages maritimes animés de personnages; au pourtour, au centre d'encadrements en relief, ainsi qu'au revers du couvercle, décor analogue. Monture à charnière en argent gravé.

Long., 7 cent. 1/2; larg., 6 cent.

97 — **Saxe**. Boîte rectangulaire, décor en couleur; sur chaque face, au centre d'encadrements rocaille en relief, ainsi qu'à l'intérieur du couvercle, des sujets, halte de cavaliers et groupes galants dans des paysages. Monture à charnière en argent doré.

Long., 7 cent.; larg., 5 cent.

98 — **Saxe**. Boite rectangulaire de forme contournée, décor en couleur, sur chaque face, de sujets militaires; au revers du couvercle, bataille. Monture à charnière en cuivre doré. (*Voir la reproduction.*)

Long., 7 cent. 1/2; larg., 5 cent.

99 — **Saxe**. Boite de forme contournée, à pâte gaufrée, décor en couleur, au centre, de rinceaux et de rocailles. Elle offre sur chaque face des bouquets de fleurs. Au revers du couvercle, couple galant dans un paysage. (*Voir la reproduction.*)

Long., 6 cent. 1/2; larg., 5 cent.

100 — **Saxe**. Drageoir formé d'une tête de caniche, décorée au naturel. Le couvercle est décoré en couleur, à l'intérieur et à l'extérieur, d'oiseaux et de bouquets de fleurs. (*Voir la reproduction.*)

Long., 5 cent. 1/2; haut., 7 cent.

101 — **Saxe**. Drageoir ovale, à gorge, décor en couleur, sur fond de dorure, dans des réserves quadrilobées, de paysages. Au revers du couvercle, paysage maritime. Dessus en camaïeu. Monture à charnière en argent doré. (*Voir la reproduction.*)

Grand diam., 7 cent. 1/2; petit diam., 5 cent. 1/2.

102 — **Saxe**. Drageoir ovale, à gorge, décor en couleur, sur fond lie de vin, dans des réserves lobées, de paysages maritimes animés de nombreux personnages. Décor analogue au revers du couvercle. Fond doré. Sur le dessous, chrysanthème. (*Voir la reproduction.*)

Grand diam., 6 cent. 1/2 ; petit diam., 4 cent. 1/2.

103 — **Saxe**. Petit drageoir ovale, à gorge, base à godrons, décor en couleurs, à personnages chinois sur le dessus, au pourtour, ainsi qu'au revers du couvercle. Marque à l'intérieur : *K. P. M.* Monture argent doré.

Grand diam., 6 cent. 1/2 ; petit diam., 4 cent.

104 — **Saxe**. Drageoir ovale, décor en couleur, sujets à personnages chinois, sur lambrequins en dorure. A l'intérieur, la marque : *K. P. P. C.* Monture à charnière en argent doré. (*Voir la reproduction.*)

Grand diam., 6 cent. 1/2 ; petit diam., 4 cent. 1/2.

105 — **Saxe**. Drageoir de forme ovale, à gorge, décor en couleur. Personnages dans des paysages, avec parc et châteaux dans des réserves quadrilobées, à festons, et rinceaux en dorure. Monture à charnière en argent doré. (*Voir la reproduction*).

Diam., 5 cent. 1/2.

106 — **Saxe**. Boite rectangulaire, décor en couleurs, sur chaque face, de sujets galants dans des parcs, ainsi qu'à l'intérieur du couvercle. Fond de hachures en losange. Dorure à l'intérieur. Monture à charnière en cuivre doré. (*Voir la reproduction.*)

Long., 7 cent. ; larg., 5 cent. 1/2.

107 — **Saxe**. Boite rectangulaire, décorée en couleurs. Elle offre sur chaque face des sujets militaires. Au revers du couvercle : un maréchal, assis devant une table, sur laquelle une carte est déployée, donne des instructions à des officiers. Monture à charnière Louis XV, en or ciselé. (*Voir la reproduction.*)

Long., 8 cent. 1/2 ; larg., 6 cent. 1/2.

108 — **Saxe**. Boîte rectangulaire, décorée en couleurs. Elle offre sur chaque face, au centre d'encadrements rocailles en relief, des sujets galants dans des parcs. Au revers du couvercle, galant seigneur offrant des fruits à une jeune femme. Fond de paysage avec groupe de personnages. Monture à charnière Louis XV, en or ciselé. (*Voir la reproduction.*)

Long., 7 cent.; larg., 5 cent.

109 — **Saxe**. Drageoir ovale, à base à godrons roses. Décor en couleurs, à l'extérieur et à l'intérieur du couvercle, paysages avec châteaux, rivières, animés de cavaliers et personnages. Monture à charnière en argent doré (*Voir la reproduction*).

Grand diam., 7 cent.; petit diam., 4 cent.

110 — **Saxe**. Grande boîte rectangulaire, décor en couleur. Elle offre sur chaque face un paysage avec la vue d'un château animé de personnages. Monture à charnière en cuivre doré.

Long., 8 cent. 1/2; larg., 6 cent. 1/2.

111 — **Saxe**. Boîte de forme contournée, décor en couleur. Elle offre sur chaque face, ainsi qu'à l'intérieur du couvercle, des sujets galants dans des paysages. Monture à charnière en argent doré. (*Voir la reproduction.*)

Long., 7 cent.; larg., 6 cent. 1/2.

112 — **Nymphenbourg**. Drageoir ovale, formé d'un groupe : fillette jouant avec deux chèvres; décor en couleur, sur le couvercle et au revers, de bouquets de fleurs. Marque en creux. Monture à charnière en argent gravé et doré. (*Voir la reproduction.*)

Diam., 5 cent. 1/2; haut., 6 cent.

113 — **Mennecy** (pâte tendre). Boîte rectangulaire, à pâte gaufrée simulant la vannerie, décorée sur le couvercle d'amours dans un encadrement en camaïeu rose, fleurs au pourtour; au dessous, attributs de l'Amour. Monture à charnière en argent. (*Voir la reproduction.*)

Long., 7 cent. 1/2; larg., 4 cent.

114 — **Mennecy** (pâte tendre). Boite rectangulaire à pâte gaufrée, décorée sur toutes ses faces, ainsi qu'au revers du couvercle: de bouquets de fleurs en couleur. Monture à charnière en argent doré.

Long., 6 cent. 1/2; larg., 4 cent. 1/2.

115 — **Chelsea** (pâte tendre). Drageoir ovale, formé d'un groupe : Amour jouant avec un agneau, décoré en couleur. Sur la banderole retenant le carquois se lit l'inscription : *Pensez à moy*. Fleurs à l'intérieur. Monture à charnière en or ciselé. (*Voir la reproduction.*)

Diam., 4 cent. 1/2 ; haut., 5 cent. 1/2.

116 — Étui souvenir d'amitié, à tablette en ivoire, monture en or ciselé et gravé; orné d'une miniature, portrait de femme, peinte à la gouache, et d'un médaillon aux chiffres *L. D.* Époque Louis XVI.

117 — Petite boite ovale en or guilloché et gravé, à rinceaux et rosaces. Époque Louis XVI.

Long., 5 cent.; larg., 3 cent.

118 — Boite ronde en or, le dessus à rayures simulant une coquille. Bordure à festons de fleurettes. Époque Louis XVI.

Long., 5 cent. 1/2; larg., 5 cent.

119 — Éventail du temps de Louis XV. La feuille, peinte à la gouache sur vélin, offre un grand sujet : jeune femme parée de fleurs par une suivante et des amours, dans un parc avec fontaine, jeux d'eau et parterre. Au revers, grand escalier avec balustres, conduisant à une pièce d'eau avec cygnes. Monture en ivoire ajouré et découpé, à personnages, guirlandes de fleurs, rocailles, rehaussés de couleurs et de dorure.

120 — Boite de forme contournée à deux couvercles, formant deux compartiments opposés, en ancien émail de Saxe, à fond blanc, ornée sur les deux couvercles et au pourtour de sujets pastoraux. Monture en cuivre mouluré et doré.

Haut., 6 cent. 1/2.

123

124 124

125

121

125 125

125

Bronzes d'Ameublement

PENDULES

121 — Pendule de cartonnier entièrement en bronze ciselé et doré, fronton à coquille, guirlandes de fleurs sur base à godrons reposant sur un pied à rocailles et coquilles. Le cadran marque *Ls Tallon à Paris*. Époque Régence. (*Voir la reproduction.*)

Haut., 38 cent.

122 — Pendulette en bronze doré et patiné, cadran porté par un cheval, sur terrasse rocaille. Époque fin Louis XV.

Haut., 24 cent.

123 — Petite pendule en marbre blanc et bronzes dorés, rinceaux, guirlandes de fleurs, frise et colonnettes détachées sur les côtés; surmontée d'un vase-cassolette. Époque Louis XVI. (*Voir la reproduction.*)

Haut., 33 cent.

124 — Paire de petits flambeaux en bronze doré, forme fût de colonne à cannelures. Base à tore de laurier enrubanné. Socle carré. Époque Louis XVI. (*Voir la reproduction.*)

Haut., 14 cent.

125 — Paire de petits vases en cristal, montures anses, collerette et base carrée à quatre pieds en bronze ciselé doré. Socle en marbre blanc. Époque Louis XVI. (*Voir la reproduction.*)

Haut., 21 cent.

Meubles, Sièges

126 — Paire de belles encoignures en marqueterie de bois de couleur, ouvrant à une porte légèrement en saillie : offrant au centre un trophée d'attributs de musique, palmes, accrochés par un nœud de ruban : fleurons aux coins. Branches de fleurs et feuillages sur les montants. Elles sont ornées de chutes, entrées de serrure, cul-de-lampe rocaille en bronze ciselé et doré. Dessus de marbre noir. Elles portent l'estampille du maître ébéniste *P. Roussel*. Époque Louis XV. (*Voir la reproduction.*)

Haut., 95 cent.; larg., 68 cent.; prof., 50 cent.

127 — Commode de forme contournée sur quatre pieds élevés et cambrés : elle ouvre à deux tiroirs : en marqueterie de bois de couleurs à losanges. Elle offre sur le devant un médaillon, trophée d'attributs de musique dans un encadrement mouvementé. Estampille du maître ébéniste *Delorme*. Époque Louis XV. Elle est richement ornée d'ornements rapportés en bronze ciselé et doré, encadrements, chutes à chimères, entrées de serrures, cul-de-lampe, etc. Dessus de marbre.

128 — Huit chaises en bois sculpté et cannées. Époque Louis XV.

129 — Vitrine à quatre faces en chêne et glaces.

www.ingramcontent.com/pod-product-compliance
Ingram Content Group UK Ltd.
Pitfield, Milton Keynes, MK11 3LW, UK
UKHW031955260826
14628UKWH00005B/2069

9 782329 436333